言葉について

中村稔

Nakamura
Minoru

青土社

言葉について

1

私たちは言葉に躓く。
言葉が私たちを連れこむのは平坦な道ではない。
坂あり、谷あり、しかけられた罠がひそむ、
クマザサを踏み分けていくけものみちだ。

私たちは言葉に迷わされる。
私たちは心やさしいから言葉に迷わされる。
迷わされたからといって言葉を責めてはならない。
迷わされた私たちの心のやさしさを信じていればいい。

言葉が私たちを連れこんだのは、はてしもないけものみちだ。
どこにも道しるべもない、けものみちをさまよい、
私たちはやがてけものみちから脱け出すことができるだろう。

言葉に躓き、言葉に迷わされるから、心やさしい私たちは
言葉の怖しさを知っているから、いつも謙虚に、つつましく
いとおしさをもって、言葉に接するのだ。

2

言葉は家常茶飯の底に燻ぶっている。
じっと身じろぎもせず潜んでいる。
家常茶飯のざわめきを怺えている。
燻ぶりながら暗闇の中で沈黙している。

言葉が閃光を放つ時がある。
あわてて私たちは閃光を捕捉しようとする。
私たちが捕捉したと思ったときは、
言葉は身をかわして逃げ去っている。

私たちが捕捉できるのは言葉の影にすぎない。
その影はさまざまの容貌をもっている。
それらを私たちは言葉だと信じている。

言葉は家常茶飯の底に燻ぶっている。
私たちがいつか言葉が放つ閃光を
捕捉できてもそれが言葉ではないことを私たちは知らない。

3

言葉が文字のかたちをとる。
意味のある文字、意味のない文字が
乱雑に散乱し、私たちのまわりにあふれ、
それ自体いかなる感情も思想も表現しない。

しかし、たとえば、鳥が飛び立つ、と書くと、
ある情景が私たちの眼前に髣髴する。
鳥という文字にじっと目を凝らしていると、
不意に鳥という文字から鳥が飛び立つ。

私たちは見る、ハクセキレイが銀にはばたき、
ヤブツバキの梢を掠めて
早春の空の青にまぎれていくのを。

ふりかえると、鳥という文字はじっと動かないままだ。
ハクセキレイはどこかの林の底で死んでいるのか？
そう感じたときに、詩がふつふつと湧きあがるのだ。

4

言葉は時間の流れの中で黄ばみ、
ぶざまに歪み、無数に裂け、
つくろいようもなく傷ついた
私たちの意思伝達の道具であり、また、私たち自身だ。

私たちの言葉はまるで古ぼけた一枚のボロ布《きれ》だ。
裾はすりきれ、処々に穴があき、
きたならしく汚れているから
私たちの意思を正確に伝達できない。

見たまえ、二枚のボロ布が向かいあって対話している。
対話しているのは私たち自身なのだが、
たがいに苛立ち、不信感をつのらせるばかり。

私たちの社会に吹きすさぶ風が
二枚のボロ布を揺らしている。
ボロ布は空しく風に揺れるのに身を任せるより他はない。

5

三月、ミモザが豪奢に黄金の花々をひらく。
私たちを不意に襲った大地震、大津波、
いまだに行方不明の人々の数の重み。
言葉には重量がある、重い言葉、軽い言葉。

私たちの心にふかく沈むヒロシマ、フクシマという言葉の重み。
着せかえ人形ほどに軽い、なにがし大臣の椅子、
紙幣をじゃぶじゃぶ金融市場に溢れさせている、
権力者のそらぞらしい言葉の軽さ。

言葉の重みは私たちの悲しみの重みだ。
言葉の軽さは傲慢な思いつきの軽さだ。
私たちの生活に、重い言葉、軽い言葉が行きかっている。

重い言葉は暗い翳をいつも曳きずっている。
私たちは日々言葉の重みに耐えている。
その忍耐が満開のミモザの黄金の花々を咲かせるのだ。

6

言葉の側から働きかけることはない。しかし、
ある文脈の中で心をときめかせる言葉がある。
また、ある文脈の中で頬を火照らせる言葉がある。
さらにまた、ある文脈の中で体を凍りつかせる言葉がある。

ケヤキ、クヌギ、ナラ、コナラなどの雑木林を
早春、さわさわと揺らす風に似た文脈の中で
私たちに囁きかける言葉があるのだが、
雑木林を吹きぬけていったときには、跡には何も残らない。

時に、言葉はある文脈の中で息づき、立ち上り、
私たちにメスをつきつけ、
私たちに死の淵を覗かせることがある。

人生の夕暮、言葉はその文脈を見失い、
路上に捨てられたゴミ屑のようにさまよっているが、
誰も気にとめないからといって、寂しがっているわけでもない。

7

きみは石山の石にふく白い風を見たか。
きみは靄に沈む緑色の太陽を見たか。
きみが知る言葉は、風に色はないというだろう。
きみが知る言葉は、太陽は真っ赤だというだろう。

きみは言葉にたよって見てはならない。
きみはきみの眼を信じて見なければならない。
言葉はかたくなではない、いつも揺らいでいる。
きみは揺らいでいる言葉の周縁を見きわめなければならない。

きみは海に出て戻らぬ薄墨色の風を見たか。
きみはほのかな曙色の白桃の肌を見たか。
きみはきみの眼が見るものを信じなければならない。

きみは揺らいでいる言葉の周縁を見きわめなければならない。
その周縁に、白い風がふき、緑色の太陽が沈み、
薄墨色の風が去り、曙色の白桃が存在するのだ。

8

言葉は語るべきものを表現できない。
表現からはみだしたものたちが
不満たらたら表現の周辺に群がって
ぶつくさぶつくさ愚痴を言っている。

ユキヤナギ、レンギョウ、コブシが次々に花ひらき
花々を言葉で語ることはできない。
言葉からはみだしたものたちが花蔭に
ぶつくさぶつくさ愚痴を言っている。

私が語りかけても、伝えられないものが残る、
私に語りかけても、私に伝えきれなかったものが残る、
だから私たちはいつも愚痴を言い、苛立っている。

私たちの言葉は貧しいと知っているから
ぶつくさぶつくさ愚痴をいう花々を聞きながし
私は花々の傍らを毎朝毎日通りすぎる。

9

きみは知らない、機智に富んだ言葉を。
きみは知らない、羞恥に身をちぢめる言葉を。
きみは知らない、鞭のようにしなやかな言葉を。
きみは知らない、鋼のように強靱な言葉を。

きみは知る、鈍重な牛の歩みに似た言葉を。
きみは知る、地に根を張って動かない無精《ぶしょう》な言葉を。
きみは知る、口ごもってどもりがちな言葉を。
きみは知る、よどんだ沼に似た言葉を。

きみはきみが知る言葉をある文脈にはめこみ、
きみはその文脈をくみあわせてある文章を作り、
その文章は、きみにとって粗末な一枚の布に似ている。

きみは布を身につけ、着ふるし、捨ててしまう。
だが、きみは知らない、その布に、ひっそりと
小さな宝石がいくつも隠されていることを。

10

かさなりあった若葉と若葉が
季節のうつろいにしたがって
濃く淡く、光が差し、翳をつくるように
私たちの希望というべき言葉にも濃淡があり、光と翳がある。

季節のうつろいにしたがい、風が立つと
若葉の光と翳、濃淡が揺れうごくように
ある言葉は光を失くし、翳になっていた言葉が光を浴び、
濃い言葉は淡く、淡い言葉はその色を濃くする。

季節のうつろいにしたがい、樹々が嵐に揉まれると
散りゆく落葉には光も差さず、翳もなく、
濃淡もなく、ただいっしんに散りしきるばかり。

季節のうつろいにしたがい、かつては
私たちが希望を託していた言葉さえも
脆く、はかなく、滅びていかねばならぬ。

11

言葉とは容器にちがいないのだが、
その容器に何を収めるかは私たちが決めるのだ。
だから容器をきらびやかに装飾したからといって
容器に収められたものが豊饒になるわけではない。

きらびやかに容器を装飾することによって
詩心がそそられるかのように思うのは錯覚にすぎない。
まして感動や感銘が与えられるわけではない。
容器に収められたものの貧しさが目立つばかりだ。

だから、私たちが言葉を知るとは
容器に収めるものをいかに豊饒にするかにあり、
それには私たち自身を豊饒にするより他はない。

燃え上る炎に似た言葉を発見し、
私たち自身が燃え上る炎となったとき、
私たちは容器いっぱいの言葉を豊饒にすることができるかもしれない。

12

私たちは強いられなければ言葉を発しない。
哀しみを強いられるから私たちは慟哭する。
憐れみを強いられるから私たちは慰めもする。
権力に反対せよと強いられるから私たちは声を揚げる。

遊歩道を行けば、草地にびっしりとタンポポの群落。
草地から二羽、三羽、四羽、ムクドリが飛び立つ。
宇宙は静まりかえって、私たちの跫音しか聞こえない。
静かだな、という言葉さえ強いられることはない。

言葉を強いるのは私自身である。
私自身が命じるから、強いられて言葉が発せられる。
言葉はじつは私自身である。

私が言葉を発することは
私が強いられ、支配されているためなのか。
静まりかえった宇宙の一隅で、私は、そう呟いてみる。

13

浅葱色に萌えはじめた雑木林の梢、
その先に展望する広濶たる平原、
地平を区切る青墨色の八溝《やみぞ》山系、
その上の紺碧の空、往来する白い雲。

ツグミが雑木林の間を抜けて飛び去るとき、
私は考える、画家が眼前の風景をそのまま
彼の絵に描かないように、言葉もまた
心に映る風景から切り捨てるものを選ばねばならぬ。

言葉ですべてを語ろうとしてはならぬ。
切り捨てられた言葉によって風景に秘めた想いが捉えられる。
私たちは言葉を切り捨てることを学ばねばならぬ。

言葉によって心の風景を戦慄させるには
私たちはできるだけ寡黙でならなければならぬ。
言葉を切り捨てて去るとき心に映る風景の想いが戦慄するのだ。

14

来る日も来る日も満開のサクラに雨がふりそそぎ
いまはほんのり紅《べに》を差したソメイヨシノの花片が
きれぎれに、こまやかに、地上を目指して散りいそぐので
撒きちらされた草地はまるで白い布地のようだ。

言葉もまたほんのり紅を差した花片のように
私たちの地上に天上から撒きちらされてくるのだが
きれぎれの言葉を私たちが受けとったときは
言葉はうす汚れたさまざまな色合に染められている。

言葉がうす汚れたさまざまな色合に染められているのは
私たちが個性という不潔な手で受けとるからであり、
それでも私たちはそれらのきれぎれで布地を織らねばならぬ。

私たちは個性という不潔な手で言葉を織っているのだが、
いつかその布地を天上に捧げる日もあるかもしれない。
——あ、あそこのシダレザクラはまだ濃い赤が鮮かではないか。

15

ある花をさしてバラといい、ある樹をさしてケヤキという。
言葉とは物とヒトとの間にかけられた桟《かけはし》であるか。
ヒトとヒトとの間にも目に見えぬ桟があり、
ある少年とある少女がめぐりあい、時を経て夫となり妻となる。

ある夫婦にとって桟は髪の毛ほどに細く、かよわくても
ある夫婦にとって桟は絆ほどに堅く縛られている。
だから、夫婦の一方が死んでも、彼らの心と心の間の桟は
幻のように空に浮かび、幻の桟の上に虹を見ることもある。

物を知るために言葉という桟が存在するように、
違う言葉を話すヒトとヒトとの間にも
桟をかけて平穏自在に往来することはできないか。

地球上のすべてのヒトとヒトとの間にかけられた桟は
ふみはずしやすく、揺れやすく、壊れやすいとしても
私たちはすべてのヒトとヒトとの間の桟を夢みる権利がある。

16

言葉は中国から渡来した言語ではない。
かつて私たちの遠い祖先は「ことば」には霊が宿り、
「ことば」は葉のように飛散するので、
「ことば」をとどめることは霊性の冒瀆と考えていた。

言葉を中国から渡来した文字でとどめることにしたときから
私たちの祖先は「ことば」が飛散することのないものと考え、
「ことば」が霊性をもつことを忘れ
言葉を日常の生活の手段とした。

「ことば」は呪文でもなく、「ことば」で占うこともできない。
しかし、「ことば」には霊性が宿っている。
「ことば」は発せられて四方に飛散する。

飛散する「ことば」はヒトの魂に沁みいり、
時に傷つけ、時にやすらぎを与える。
だが、私たちが「ことば」の霊性を忘れて久しい、じつに久しい。

17

言葉はいつも埃にまみれている。
多年の間、言葉は世俗の中でしごかれてきたから、
そしてまた、私たちも言葉を汚してきたから、
埃まみれになっていない言葉を見つけるのは難しい。

たとえば、私たちが日々口にしている水道水は
深山幽谷から湧き出る水ではない。
生活排水のまじった汚染水を化学物質で処理して
清浄な水とみなしているにすぎない。

しかも、言葉は濾過されることさえない。
その上、私たちはいつも言葉を汚染している。
年々歳々ますます言葉は埃にまみれていく。

言葉は対応する対象と正しく対応しない。
堆積した埃まみれの言葉の中から
純粋な言葉を見つけるのは鉱山の採掘に似ている。

18

私たちは雄弁によって人の心を昂奮させたり、
雄弁によって理性を失わせて、ある行動に赴かせる
そんな雄弁家をもたないのだが、
それは私たちの言葉が貧しいからか。

私たちが雄弁によって昂奮させられることなく、
私たちが雄弁によって理性を失うことがないのは、
私たちの感情と論理を表現する
私たちの言葉が豊かだからではないのか。

静物には静物の感情があり、
季節には季節の論理があるから、
静物はその位置を占め、季節は確実に推移する。

私たちの言葉が貧しいかのように感じるのは
たしかな論理とみずみずしい感情をもたない人々が
私たちの社会を支配しているかのようにみえるからではないか。

19

多くの言葉の群れが息を切らせて走り、
多くの言葉の群れがゆったりと歩み、
それらの言葉の群れがある地点に到達したとき、
言葉の群れたちが手をとりあって文章をつくる。

その地点で言葉たちのあるものは
眠りこけているし、あるものは目覚めている。
目覚めている言葉たちが私たちに話しかけてくるから
文章が沈黙しているわけではないことを知る。

言葉には色彩もなく、旋律もないのだが、
目覚めた言葉たちが無言の抑揚によって
文章に生命を与えて、文章を語らせ、私たちを陶酔させる。

言葉の群れの多くのつながりがつくる文章に
私たちはある生命を汲みとるのだが、それは眠りこけた言葉が、
文章を目覚めさせているからだとは誰も気づかない。

20

はじめに言葉があったという、神と共にあったという。
はたしてそうか。言葉ははじめヒトと共にあったのではないか。
二本の足で立つことを覚えたヒトが、ヒトとなる前に
言葉を持たなければならなかったのではないか。

ヒトは言葉がなくてもまぐわい、子を生むことができる。
しかし、言葉がなければ家族に帰属することはできない。
ヒトはつねに家族、集団、部族、民族に帰属する。
違う言葉を話す集団、部族、民族に帰属、同化することはできない。

しかも、同じ言葉を話すからといって同じ神を信じるわけではない。
同じ神を信じるからといって、同じ言葉を話すわけではない。
違う神を信じるヒトたちはたがいに同化できない。

同化できないまでも、共存することを覚えたヒトたちが
やがて赦しあうことを忘れ、憎みあい、ホロコーストをくりかえし、
ヒトが死滅し、言葉が失われる日が到来しないと言いきれるか。

後記

私が十七、八歳のころ、敗戦は必至と思われ、ごく近く徴兵されるはずだったから、二十歳まで生きていることはありえないと思っていた。思いがけず、今日まで生きながらえることができたのは、さまざまの僥倖によるという他ない。ことに最近、十数年の間に、私が恩誼を感じ、篤い友情を抱いてきた先輩、友人、知己の方々が次々に先立っていかれた。身辺寂寥の感がつよい。

辞書を拾い読みしていて、卒寿も還暦と同じく数え年でいうことを知り、私は今年が卒寿であることを知った。そこで、卒寿の記念に書き下ろしの詩を二十篇収めた新詩集の刊行を思い立った。これは私にとってはじめての試みであった。

私が詩を書き始めて七十余年になり、言葉について感じ、考え続けてきたので、新詩集はこの七十余年の間、感じ、考えてきたことを、書き馴れてきた十四行詩の形式で表現することとした。私はふだんは詩情が湧くときしか詩作しないので、一年に二、三作しか書いてこなかったが、この二十篇は二ヶ月足らずの間に書き上げた。

それだけ粗雑かもしれないし、私の七十余年の詩作体験がこれらにこめられているということもできるであろう。

本書をこれまで生きながらえてきた友人たち、また、私の作品を読んできてくださった少数の方々にご覧いただけるよう、私は期待している。

本書の刊行にさいしては、例により、青土社の清水一人社長、担当してくださった篠原一平、明石陽介のお二方にお礼を申し上げる。

中村　稔

二〇一六年七月二〇日

言葉について

2016年9月20日　第一刷印刷
2016年9月30日　第一刷発行

著者　中村稔

発行者　清水一人
発行所　青土社
〒101-0051 東京都千代田区神田神保町1-29市瀬ビル
［電話］03-3291-9831（編集）　03-3294-7829（営業）
［振替］00190-7-192955

ブックデザイン　菊地信義
印刷・製本　精興社

ISBN 978-4-7917-6951-3
Printed in Japan